Chantal BERNATI

Une adolescence volée

(Nouvelle version)

© 2016 Chantal BERNATI

Edition : BoD - Books on Demand
12/14 rond-point des Champs Elysées
75008 Paris
Imprimé par BoD - Books on Demand, Norderstedt
ISBN : 9782322094707
Dépôt légal : Juin 2016

Toute représentation intégrale ou partielle faite sans le consentement de l'auteur ou de ses ayants droit ou ayants cause est illicite.

Chantal Bernati est née en 1966, elle est mère de 5 enfants.

« Une adolescence volée » est son premier roman.

A mes enfants, Céline, Emilie, Guillaume, Nicolas et Lilou,

A mes petits-enfants, Kélyah et Neymar, Prenez soin de vous.

A Audrey B.C. qui m'a décidée à écrire ce livre.

A Jacqueline Guillaud qui m'a transmis l'amour des mots.

Au fond d'elle, il y a des mots que personne n'entend,
Il y a des cris qu'elle n'a pas su hurler,
Il y a des violences gravées,
Il y a de la peur qui ne s'en ira jamais,
Au fond d'elle,
Il y a des appels au secours,
Il y a des nuits pleines de cauchemars
Au fond d'elle,
Elle sera toujours seule.

« Ami rempli mon verre
Encore un et je va
Encore un et je vais
Non je ne pleure pas
Je chante et je suis gai
Mais j'ai mal d'être moi
Ami rempli mon verre
Je serai saoule dans 1 heure
Je serai sans tristesse
Buvons à la santé
Des amis et des rires
Que je vais retrouver
Qui vont me revenir »
Jacques BREL

« Le bonheur ouvre les bras et ferme les yeux »

Proverbe allemand

Chapitre 1

Soudain Célia réalisa que tout était silencieux autour d'elle.

Il faisait noir, l'adolescente avait si peur et tellement froid. Elle claquait des dents et ne parvenait pas à contrôler les tremblements de son corps. Elle se força à inspirer puis à expirer, son cœur battait la chamade.

La jeune fille avait fermé les yeux pour ne pas voir leurs regards, avait espéré que ça s'arrête, mais non, ça avait duré, duré encore.

Depuis combien de temps était-elle seule ? Elle ne se rappelait pas les avoir vu partir. Quand tout ça s'était-il fini ? Il lui semblait avoir pleuré des heures.

Elle se leva péniblement, son corps endolori lui faisait si mal. L'adolescente se rhabilla, frotta ses vêtements et prit le chemin de la maison.

Célia habitait avec ses parents et son frère Marco, aîné de deux ans, dans une belle villa située à trois kilomètres environ de la ville la plus proche. Elle avait eu une enfance heureuse à courir dans les grands champs des alentours avec son aîné, à construire des cabanes dans les arbres. C'était un endroit paisible, tous les habitants se connaissaient, et la vie y était tranquille.

Son père se rendait chaque matin à son travail en voiture, tandis que sa mère, elle, s'occupait de la maison et des enfants à qui elle faisait chaque jour de délicieux repas et de savoureux gâteaux. Elle mettait un point d'honneur à ce que son foyer soit impeccable.

Sa mère se demandait souvent comment, son fils et sa fille, tout en étant si différents, pouvaient être si complices. Marco était calme et solitaire tandis que Célia était volubile et recherchait toujours la compagnie des gens. Leur père était un homme courageux qui n'en finissait jamais de travailler. Sitôt rentré, après sa dure journée, il bricolait à son atelier ou jardinait jusqu'à l'heure du souper.

Célia avait mal partout, elle avait envie de courir mais la force lui manquait. Ses larmes avaient séchés.

Quand elle arriva chez elle, son père lui demanda :

- C'est à cette heure-ci que tu rentres ?

Et, voyant ses habits maculés de boue, il ajouta :

- Tu t'es encore battue !

Célia resta muette. Elle n'avait qu'une envie, se laver, laisser l'eau couler sur ce corps qui n'était plus le sien !

Enfin couchée, elle se recroquevilla dans son lit. La jeune fille regardait sa chambre, avec tous ses posters accrochés au mur, tout ce qui avait eu tant d'importance à ses yeux ne voulait plus rien dire à présent. Elle prit son vieil ours en peluche contre elle et sanglota.

Son adolescence avait fichu le camp d'un coup ! Sa tête était pleine d'images terribles. Elle revoyait sans cesse les violences de ce long moment ! Elle réalisa à cet instant que sa vie avait été insouciante jusqu'à ce soir mais que rien ne serait plus pareil.

Le lendemain, quand elle se réveilla, ses yeux étaient gonflés, sa mère lui dit :

- Tu as encore lu jusqu'à point d'heure !

Non, la jeune fille ne s'était pas battue, non, elle n'avait pas lu toute la nuit.

Célia était juste rentrée du lycée, comme d'habitude, pareil aux jeunes de son âge, sauf que son chemin avait croisé celui d'individus qui puaient l'alcool et la sueur. Et il lui fallait vivre avec ça. Manger, parler... Tout lui était si difficile !

Elle dut pourtant reprendre le chemin de l'école, reprendre sa vie de lycéenne comme si rien ne s'était passé. Célia se dit que si elle n'en parlait à personne, c'était comme si ça n'avait pas eu lieu, elle décida donc d'enfouir ce terrible souvenir au fond de son esprit d'adolescente fragile et tourmentée. Mais, forcément, sa vie personnelle allait en être changée. Entre hier et aujourd'hui, rien ne serait plus pareil. On avait détruit Célia, elle était morte au fond d'elle-même, en silence.

A dix-sept heures, Théo vint la chercher à la sortie de l'école.

Théo... son petit copain. Il lui avait plu tout de suite, avec son air de petit voyou. Elle le trouvait si beau, avec sa large stature. Ils en avaient fait des virées ensemble, il était son premier amour, il l'avait fait rêver ! Il disait « un jour on habitera ensemble et on ne se quittera plus », il attendait la majorité de sa petite amie avec impatience. Il avait vingt-deux ans, était charpentier, et aimait la façon qu'avait Célia de relever les défis ! Elle n'avait peur de rien !

Il se pencha pour l'embrasser.
- Tu as l'air bizarre, lui dit-il.

- C'est fini Théo, je ne t'aime plus.
- Mais... Célia, ça fait bientôt deux ans que l'on est ensemble, tout va bien. Tu ne peux pas ne plus m'aimer, comme ça, du jour au lendemain ! Qu'est ce que j'ai fait ?

Célia aurait aimé se blottir dans ses bras et pleurer, pleurer à n'en plus finir. Au lieu de quoi, elle répondit :
- Tu n'as rien fait, c'est moi, je ne t'aime plus.

Elle le planta là et partit prendre son bus. Non, plus jamais elle ne pourra sentir un corps d'homme sur le sien, plus jamais !

Les journées s'écoulaient lentement, Célia ne trouva plus d'intérêt aux études, elle manquait l'école de plus en plus souvent, fréquentant les cafés pour passer le temps.

Un jour, un professeur mit le sujet sur la peine de mort ; il s'agissait du procès d'un homme qui avait tué un père de famille. Il demanda à Julie, une élève, d'être la défense et à Célia d'être l'accusation.

Les deux parties argumentaient de plus en plus violemment. L'une prêchait le pardon en vue de l'enfance difficile de l'assassin mais Célia s'énervait en lui balançant « et si c'était ton père qui s'était fait tuer ? »

Le ton monta, et Célia se jeta sur Julie, l'empoigna par le col et la plaqua au mur. Le professeur eut juste le temps d'empêcher l'adolescente de frapper sa camarade ! La jeune fille avait tant de violence en elle que se contrôler face à ce qui lui semblait être une injustice, lui était quasi impossible !

Elle écopa de quatre heures de retenue. L'adolescente se rendait bien compte qu'elle était allée trop loin mais Célia ne sortait de sa léthargie que pour évacuer toute cette agressivité qu'elle retenait depuis des jours.

Une autre fois, la jeune fille avait poussé violemment un adolescent qui l'avait prise par les épaules. Il était tombé à terre, sans comprendre la réaction de sa camarade. Célia ne supportait plus le contact de personne. Elle avait tant de rage au fond d'elle, qu'elle aurait pu passer ses journées à se battre. L'adolescente en voulait à la terre entière, elle n'arrivait plus à faire la part des choses.

Bien sûr, la jeune fille avait toujours été un peu bagarreuse, mais c'était des chamailleries d'enfants, jamais elle ne s'était servi de ses poings. Mais là, elle avait envie de frapper, de faire mal. Un rien l'énervait et la faisait réagir violemment. Célia avait besoin d'aide, elle le sentait mais ne savait vers qui se tourner. De toute manière, rien ne pouvait changer son passé, alors à quoi servirait-il d'appeler au secours ? Comment arriver à mettre des mots sur de tels actes ? Jamais elle ne pourrait en parler !

Ses nuits étaient peuplées de cauchemars, et, lorsque le moment d'aller se coucher approchait, elle angoissait. Comment allait-elle pouvoir survivre à cette agression qui la hantait ?

Célia avait perdu le gout de vivre ce terrible soir de mars.

Auparavant, l'adolescente aimait se promener, en écoutant de la musique avec son casque sur les oreilles. Maintenant, elle avait peur d'être seule dehors et restait cloîtrée dans sa chambre. Elle fermait les yeux en écoutant Goldmann.
Elle repassait sans cesse «Veiller tard»
«Les lueurs immobiles d'un jour qui s'achève
La plainte douloureuse d'un chien qui aboie

Le silence inquiétant qui précède les rêves

Quand le monde disparu, l'on est face à soi…

Cette inquiétude sourde qui coule dans nos veines…

Ces visages oubliés qui reviennent à la charge…

Ces raisons-là qui font que nos raisons sont vaines,

Ces choses au fond de nous qui nous font veiller tard

Ces paroles enfermées que l'on n'a pas su dire…»

Ces paroles semblaient écrites pour elle, Célia savait que ce n'était pas bon d'écouter des chansons tristes, elle n'avait pourtant le cœur qu'à cela !

Chapitre 2

Célia se rendit compte qu'elle n'avait plus ses règles. Elle paniqua et se confia à son amie Laurie en lui disant qu'avec Théo, ils n'avaient pas pris leurs précautions. Elle se devait de mentir. Comment aurait-elle pu dire ce qui lui était arrivé ? Laurie lui parla du centre de planning familial où l'on pouvait se rendre sans que les parents soient au courant. Elles y allèrent ensemble, puis le verdict tomba : Célia était enceinte !

- Savez- vous qui est le père ? Il est au courant ? lui demanda la femme du centre.
- Oui, mais il n'en veut pas et moi non plus.
Célia se demanda une seconde s'il n'y aurait pas une toute petite chance que ce bébé soit de Théo.
Mais la femme enchaina :
- Ce sera pour décembre !
Il fallu rencontrer la psychologue, en vue d'un avortement. Et vivre dans le mensonge.

Dans quinze jours elle serait majeure, elle n'aurait besoin d'en parler à personne, mais comment trouver l'argent pour l'IVG ?

Si elle gardait tout ça pour elle, pas de sécurité sociale possible ! Célia demanda l'argent à Marco. Elle lui dit simplement qu'elle était enceinte de Théo mais ne voulait pas garder le bébé. Il le lui prêta sans jamais poser de question.

Par un triste matin, elle prit le bus comme pour aller à l'école mais se rendit directement à l'hôpital.

La salle d'attente, avec ces femmes enceintes qui exposaient fièrement leurs ventres arrondis, ces grands murs blancs avec cette infirmière qui lui parlait avec agressivité, Dieu que tout cela était dur ! Et de nouveau, cette envie de mourir, là, maintenant.

En fin de matinée Célia sortit enfin. Elle avait mal, mal au ventre, mal au cœur, comme si de nouveau quelque chose s'était brisé en elle. La jeune femme aurait voulu hurler sa douleur, mais ne disait rien, restait dans le mensonge. Elle regardait tous ces gens qui se promenaient, insouciants ; ces jeunes qui plaisantaient entre eux et elle se répétait inlassablement, « plus jamais, plus jamais, je ne serai comme eux ! » Elle eut de la peine à aller jusqu'à l'arrêt du bus, elle était si faible. Elle se laissa aller contre la vitre du car, regardant le paysage sans le voir, des larmes coulaient sur ses joues amaigries mais personne ne faisait attention à elle. Gérer toutes ces émotions, c'était beaucoup trop pour une adolescente d'à peine dix-huit ans !

Célia avait été une petite fille timide. Puis elle était rentrée au collège et là, elle avait pris de l'assurance, elle avait côtoyé des filles au caractère bien trempé ! Elle était devenue ce que les professeurs appelaient « une perturbatrice » La jeune fille était un peu bagarreuse. Seuls les livres l'apaisaient et lui permettaient de faire le vide en elle.

Madame Guillaud, un professeur de français particulièrement patiente, lui avait donné le goût de la lecture. C'était une personne atypique. Un jour, en fin d'année, en guise de voyage scolaire, l'enseignante avait emmené ses élèves chez elle. Ils avaient goûté là-bas, avaient joué avec son cocker. Elle leur lisait «le petit Nicolas » et c'était un plaisir, à chaque fois d'aller à ses cours. C'était une personne drôle, calme, aussi tous les élèves l'adoraient. Depuis Célia dévorait les romans, c'était une réelle passion. Les livres lui apportaient du rêve. Son niveau scolaire était moyen mais elle s'en sortait.

Quand elle arriva en 3ème, la collégienne se donna à fond dans le sport. Elle devint très bonne dans la course à pied. En parallèle, elle pratiquait le judo. Ainsi elle arrivait à canaliser son énergie. L'adolescente avait eu du mal à convaincre ses parents de l'inscrire car pour eux c'était un sport de garçon ! Mais elle avait tellement insisté qu'ils avaient fini par donner leur accord. Célia ne manquait jamais un cours, trouvait auprès de Didier, son professeur, l'encouragement dont elle avait besoin pour donner le meilleur d'elle-même.

Ce dernier devait quand même lui répéter sans cesse : «Ne règle pas tes problèmes sur le tatami, le judo c'est avant tout le respect de l'autre et le contrôle de soi !»

Pas facile pour Célia qui avait du mal avec l'autorité. Elle se défoulait vraiment dans ce sport, et ressortait des cours exténuée d'avoir tant combattu. La jeune fille aimait ces combats qui la laissaient vidée de toute énergie. Elle y allait deux soirs par semaine et elle progressait rapidement.

Puis elle était rentrée au lycée, et son comportement ne s'était pas amélioré. Mais bien qu'étant l'agitatrice de sa classe, elle n'était jamais insolente. C'était une adolescente qui aimait rire et faire rire.

Cette fille-là fit place à une personne silencieuse. On lui avait volé son insouciance. Jamais elle ne redeviendrait cette jeune fille exubérante qu'elle avait été. Quelque chose était cassé en elle. Elle ne voyait pas où pouvait aller sa vie maintenant. Elle ne trouva plus aucun intérêt aux cours et le temps lui paraissait long.

Avec Laurie, elles étaient amies depuis le collège. La jeune fille était livrée à elle-même, ses parents étaient divorcés et elle faisait un peu ce qu'elle voulait. Personne jamais ne contrôlait son emploi du temps, ce qui influait quant à ses absences scolaires.

Elle fréquentait un homme bien plus âgé qu'elle, qui lui achetait tout ce qu'elle voulait. Laurie voyait la vie comme ça, son petit copain se devait de la gâter sinon elle ne restait pas avec ! Célia ne la jugeait pas, mais elle préférait quant à elle, fréquenter un garçon simplement par amour, sans intérêt.

- Tu vas en cours cet aprèm, Célia ? lui demanda, ce jour-là, Laurie.

- Non, on se fait un babyfoot ?

Elles se dirigèrent vers le café, soudain Laurie lui dit :

- Hé, regarde, il y a un copain à moi ! Il est trop beau, tu vas voir ! Hé Sevy ! l'appela-t-elle.

- Salut Laurie, ça va ?

- Oui, tranquille, je te présente Célia, une copine de lycée.

Célia n'avait jamais vu un regard si beau, il avait de magnifiques yeux verts. Ils se dirent bonjour et décidèrent de passer l'après-midi ensemble. Les jeunes gens jouèrent un moment au babyfoot puis s'installèrent à une table pour prendre une boisson. Sévy parla à la lycéenne de sa passion pour la moto avant de lui proposer de l'emmener faire un tour quand elle voulait. Il fut convenu que le samedi suivant, Sévy viendrait chercher l'adolescente chez ses parents.

Il vint en moto et ils passèrent une belle après-midi. Célia aimait se blottir contre lui et sentir le vent sur son visage. Là, elle oubliait tout. Ils prirent l'habitude d'aller se balader ainsi. Sévy l'emmenait admirer de magnifiques paysages puis ils s'arrêtaient à un café et le jeune homme lui racontait un peu sa vie.

Puis, au fil du temps, ils se rapprochèrent et s'embrassèrent. Célia aimait tellement Sévy. Il lui parlait de sa déception amoureuse, tandis qu'elle essayait de lui remonter le moral. Cet homme de vingt-cinq ans était si fragile.

- Pourquoi tu ne parles jamais de toi ? lui demandait souvent Sévy.
- Parce qu'il n'y a rien à dire, tout simplement.

Elle savait que les mots resteraient à tout jamais au fond d'elle !

Mais bientôt Sévy voulut aller plus loin dans leur relation, et Célia, malgré tout l'amour qu'elle ressentait pour lui, ne pouvait pas. Elle le quitta. Le jeune homme ne comprenait pas. Elle eut de la peine, beaucoup de peine et se dit que jamais elle ne connaitrait le bonheur. Mais il lui avait transmis la passion de la moto et elle se promit de passer son permis deux roues dès qu'elle travaillerait.

Quant à Théo, il essaya bien de reprendre contact avec la jeune fille mais elle ne céda pas. L'adolescente ne voulait plus rien avoir de commun avec sa vie d'avant. Le jeune homme traînait son désespoir, en vain. Il dut se rendre à l'évidence, tout était bel et bien fini entre eux !

Célia se mit à sortir les week-ends avec Marco. Son frère était un jeune homme timide mais à eux deux, ils allaient être forts ! Ils commençaient leur soirée au bar, Marco aimait boire, ça lui donnait l'assurance qui lui faisait défaut lorsqu'il était sobre. Célia buvait avec les uns, avec les autres. Tout doucement, une légère torpeur l'envahissait, elle était bien, légère. Elle se sentait libre. Elle dansait, riait, buvait et s'amusait enfin !

- Ben dis donc, tu as une sacrée descente pour une fille ! lui dit Jessy
- Je te prends quand tu veux ! Tu paries quoi que je bois plus que toi ? lui répondit-elle.
- Allez, on fait un concours, vin blanc ou vin rouge ?
- ok pour le blanc ! rétorqua l'adolescente.

Dans ces soirées organisées par des jeunes un peu fauchés, seul le vin faisait office d'alcool.

Encouragée par ses amis, Célia but les premières gorgées puis les premiers verres avec plaisir mais c'est la fierté qui la fit continuer, Jessy suivait bien le rythme mais au bout d'un moment, il s'arrêta, ne pouvant plus avaler une goutte de plus !

- Tu as gagné Célia, tu bois comme un homme et même mieux !

La jeune fille était fière ; même s'il n'y avait aucune fierté à se mettre dans un état pareil ! Mais l'alcool lui procurait une force, une insouciance qu'elle n'avait plus. Elle était gaie, et voyait ses amis en double, ce qui la faisait bien rire.

- Je vois deux Jessy, je ne savais pas que c'était possible !

Elle fut malade et vomit mais elle avait pris goût à ces soirées d'ivresse et rien ne pouvait plus l'arrêter. Elle avait connu l'horreur, que pouvait-il lui arriver de pire ?

Célia aimait cet état brumeux. Avec l'alcool elle oubliait le drame de sa vie.

Arriva la période des examens. Elle s'y présenta sans trop d'espoir. Depuis quelques temps la jeune fille tremblait beaucoup. Etait- ce dû à un trop plein d'émotions où à un abus d'alcool répété, elle n'en savait trop rien, et s'employait juste à le cacher pour que personne ne remarque rien. Toujours est-il que ces tremblements lui furent fatals pour ses examens, quand elle passa la vitesse en dactylographie, ses mains ne lui obéirent plus et elle eut un zéro, note éliminatoire ! Au fond d'elle, elle s'en fichait pas mal, Célia voulait avant tout se mettre à travailler pour passer son permis moto au plus vite.

Chapitre 3

Célia trouva rapidement du travail à l'usine. La semaine, même si les cauchemars revenaient presque chaque nuit, elle menait la vie de tout le monde mais quand venait le vendredi soir, elle se noyait dans l'alcool.

Elle passa son code puis l'adolescente débuta les leçons de conduite de moto. Elle sympathisa avec Jo, le moniteur d'auto école. Les leçons lui plaisaient beaucoup mais elle avait du mal à suivre les instructions du moniteur. Elle avait

envie d'aller où elle voulait. Quelque fois, Jo se fâchait :
- Tu dois respecter les limitations de vitesse et rester non loin de ma voiture !
Célia ne répondait pas, elle savait qu'elle était en tort. Ce qui ne l'empêchait pas de faire une pointe de vitesse quand l'envie la prenait. La jeune femme aimait la sensation de liberté et de puissance qu'elle ressentait quand elle pilotait la moto. Elle avait besoin d'aller vite, toujours plus vite, comme pour fuir.
Finalement, la jeune femme passa son examen deux roues avec succès.
La motivation avait payée.

Mais bientôt, Célia eu besoin de changer d'air. Elle trouva un emploi en station comme standardiste et partie de chez ses parents.

On lui loua un petit studio. La jeune fille était devenue indépendante et appréciait d'avoir son studio à elle.

Elle tapissa les murs avec des photos de moto, elle se sentait bien, chez elle. C'était petit mais fonctionnel.

On était en décembre et Célia pensa qu'elle aurait dû, normalement, avoir un petit bébé, des montées d'angoisse la prenaient et elle avait tant de mal à ne pas pleurer !

« Un bébé, se disait-elle parfois, et s'il y avait une minime chance pour qu'il ne soit pas de ces brutes ? »

Mais à quoi bon ressasser, elle n'y pouvait rien changer. Elle chassait ces idées noires et sortait boire. Rien de tel pour faire passer les angoisses.

La jeune fille aimait son nouveau job. Elle s'était faite des tas d'amis parmi ses collègues de travail.
-On va en boite ce soir ? lui proposa Fanny
-Ok, rendez vous dans une demie-heure chez moi !

Elle se doucha rapidement et se prépara. La jeune fille enfila un jean et un chemisier, remonta ses cheveux en queue de cheval, appliqua un soupçon de maquillage sur son visage et fut enfin prête.

Célia aimait sa nouvelle vie qui lui laissait peu de temps pour réfléchir. Elle travaillait, sortait, buvait et c'était très bien comme ça !

Fanny arriva, accompagné de Léa et Vanessa. Elles discutèrent un moment puis partirent en boite. Une fois sur place, elles dansèrent, et burent jusqu'à plus soif !
Célia ne sut jamais comment elle avait regagné sa chambre, tant elle était ivre.

Quand elle ouvrit les yeux, elle aperçut un jeune homme qui dormait près d'elle. Célia le réveilla. Il lui sourit et lui dit :
- Je crois qu'on a un peu trop bu hier au soir !

Célia pensa brièvement que c'était tous les soirs qu'elle buvait trop mais répondit simplement :
- Heu... Je ne me rappelle plus de ton prénom...
Il éclata de rire et répondit :
- Moi, c'est Alex et toi ?
- Célia.
Il avait l'air gentil mais elle avait envie qu'il parte.
- Tu as raison, on a trop bu, il vaut mieux en rester là.
- Pas de problème, lui accorda Alex, c'est comme tu veux, on se voit ce soir en boite, en simple ami ?
Célia murmura un oui.

Les soirées se succédaient, l'alcool coulait à flot et parfois au matin, elle retrouvait Alex dans son lit, mais ne se rappelait jamais de rien. Ca tombait bien car elle ne voulait se rappeler de rien !

Quand la jeune femme avait une journée de congé, elle prenait un forfait et partait skier pendant quelques heures. Elle aimait être au milieu des skieurs, n'avoir rien à craindre, et en même temps, se sentir complètement seule. Cette sorte de solitude lui convenait parfaitement.

Puis arriva la fin de la saison, elle dut revenir chez ses parents.

Célia décida de s'acheter une moto. Elle alla voir différents concessionnaires et tomba en admiration devant une 400 Yamaha. C'était un bel engin noir, avec des pots d'échappement chromés. Le vendeur la lui fit essayer et elle fut convaincue. L'adolescente ne voulait pas une trop grosse cylindrée pour commencer. Celle-ci semblait parfaite ! Elle éprouva un grand plaisir de par cet achat. Cet engin allait lui procurer de belles sensations ! La jeune fille fit également l'acquisition de bottes de moto, d'un pantalon, d'un blouson et de gants, le tout en cuir, bien évidemment, afin d'être bien protégée en cas de chute. Elle choisit également un magnifique casque noir et blanc.

Elle décida qu'il serait plus raisonnable d'arrêter de boire, l'alcool et la conduite n'étant pas vraiment compatibles.

Elle savait qu'en faisant ce choix, elle n'aurait plus de répit. Ces visages qui la hantaient seraient toujours là. Ca faisait plus d'un an maintenant et pourtant il n'y avait qu'en buvant qu'elle arrivait un peu à oublier.

Profitant des belles journées printanières, Célia s'accorda de longues ballades à moto, fit connaissance avec toutes sortes de gens, différents les uns des autres mais, qui, tous, avaient en commun cette passion des deux roues. C'était comme une grande famille, ils s'entraidaient, discutaient inlassablement de leur engin à moteur. Quand la jeune femme ne roulait pas, elle traînait dans les garages afin d'étudier la mécanique des motos.

Célia avait trouvé une raison de se lever le matin. C'était comme un rayon de soleil qui éclairait un peu sa vie.

La jeune femme passa l'été sans toucher une goutte d'alcool, elle en ressentit une grande fierté même si parfois, le manque était là.

Célia trouva un emploi dans une usine de viennoiserie. L'ambiance était très chaleureuse et la jeune fille allait travailler avec plaisir. Elle y rencontra des jeunes femmes sympathiques dont Manon, également passionnée de moto. Comme elle, sa nouvelle amie riait trop fort et provoquait les gens. Célia sentait que Manon avait, elle aussi, une souffrance au fond d'elle.

Après le travail, elles allèrent faire des ballades en moto puis, comme un vieux réflexe, elles s'arrêtaient au café et… buvaient. Bien sûr, Célia modérait la boisson, elle avait sa Yamaha à ramener. Mais tout de même, l'alcool était revenu dans sa vie ! Elle était désespérée à l'idée qu'elle n'arrivait pas à résister, mais pour sa défense, se disait qu'elle avait de bonnes raisons de boire.

Un soir, sa moto ne démarra pas. Jean, un collègue de travail, vint l'aider. A dater de ce jour, ils prirent l'habitude de parler un moment en partant du travail.

Jean était un homme de vingt-six ans, réservé, calme mais qui avait beaucoup d'humour. Célia aimait ces instants passés avec lui. Il était si doux.

Bientôt, Sandrine vint se joindre à eux pour partager leur discussion.

Elle raconta à Célia que son mari, Yohann, était lui aussi passionné de motos mais que leurs modestes moyens ne leur permettaient pas d'en acheter une. Célia lui proposa de venir essayer sa Yamaha.

Le lendemain soir, Yohann était à la sortie du travail. C'était un jeune homme blond, très souriant. Le courant passa tout de suite et ils furent immédiatement complices. Ils décidèrent de partir faire un tour de moto, Sandrine invita Célia et Jean à manger le soir même. Ainsi ils firent plus ample connaissance.

Puis les deux motards prirent l'habitude d'aller faire une ballade en moto tous les vendredis, à la sortie du travail, vêtus de leur blouson en cuir.

Mais Yohann aimait, lui aussi, boire. Aussi, ils passaient chez Jean et d'autres amis pour prendre l'apéritif. L'adolescente buvait des pastis purs, sans eau. Yohann aimait voir Célia dans cet état d'ivresse. Elle était plus gaie, plus drôle. Il ne se rendait pas compte que son amie avait un sérieux problème avec l'alcool. Simplement, il pilotait, lui, la Yamaha car la jeune femme n'était pas en état pour les ramener.

Quand ils avaient fini leur tournée habituelle, ils allaient manger chez Sandrine. Cette dernière adorait cuisiner et leur confectionnait de bons petits plats. Elle téléphonait à

Jean, l'invitait également, et ils passaient la soirée tous les quatre.

Les semaines défilaient, ils appréciaient ces moments partagés même si Célia se rendait bien compte qu'elle sombrait de plus en plus dans l'alcool, que ses sorties se résumaient à boire. Mais elle continuait malgré tout dans ce sens car elle ne se sentait bien, que lorsqu'elle était ivre !

Un soir, Yohann et Célia firent le pari de vider la bouteille de Porto. Jean les accompagna un peu mais il s'arrêta au bout de quelques verres. Célia, bien sûr, but plus que de raison. Elle tenait à peine debout en fin de soirée et Sandrine lui proposa de dormir sur son canapé-lit.

La jeune femme accepta et continua de boire… Et le reste de la nuit se passa comme dans un brouillard.

Quand elle se réveilla le samedi matin, Jean était près d'elle. Il lui dit :
- Ne t'inquiète pas, on a juste dormi. Tu n'as pas voulu que je parte, tu tenais absolument à ce que je dorme avec toi...

Célia était gênée. Brièvement elle se dit qu'elle devrait vraiment cesser de boire. Elle aimait beaucoup Jean et avait un peu honte de l'image qu'elle lui donnait d'elle…

Ils passèrent la journée tous les quatre et burent à nouveau l'apéritif le soir. Célia prit sur elle, fut raisonnable et resta sobre. Au moment de se quitter, Jean déposa un baiser sur ses lèvres.

Cette nuit là, Célia ne pensa qu'à lui. Ils se virent tous les soirs de la semaine, ils étaient bien. Ni l'un, ni l'autre ne toucha à une goutte d'alcool, « et c'était très bien comme ça » pensa Célia.

Mais quand le week-end arriva, elle recommença à picoler. Et ce fut encore ainsi pendant plusieurs semaines.

Un jour, Jean avoua à Célia :
- J'aimerais tellement qu'un samedi, de temps à autre, tu ne boives pas.
- Je vais essayer, répondit-elle.

A partir de ce jour, elle prit un verre de temps à autre, mais sans jamais dépasser la limite de deux verres. Elle était fière d'elle, l'amour aidant, elle sortait enfin un peu de l'alcool.

Chapitre 4

Célia avait vingt ans ; ça faisait presque deux mois que le couple se fréquentait et ce samedi-là, après une soirée vraiment réussie, Jean la ramena chez lui. Il lui fit l'amour tendrement. Pour la première fois depuis deux ans, elle était dans les bras d'un homme, sans être ivre.

- Je t'aime, tu sais, pour moi, nous deux, c'est sérieux, lui dit-il, et toi, tu m'aimes un peu ?

- Oui, bien sûr que je t'aime ! Mais comment fais-tu pour me supporter, je bois tellement...
- Je suis persuadé qu'un jour tu arrêteras, tu bois déjà beaucoup moins qu'avant...
Célia se dit que, enfin, elle allait vivre comme tout le monde et cela sans l'aide de l'alcool !

Leur amour faisait plaisir à voir, ils passaient tout leur temps libre ensemble.

Ils continuaient à faire des sorties avec Sandrine et son mari et Célia résistait face aux invitations quelques peu alcoolisées de Yohann.

Ils trouvèrent un petit appartement en centre-ville et emménagèrent très vite, pressés d'avoir leur chez-eux.

Enfin, Célia allait se coucher sans angoisse, blottie dans les bras de son amoureux ; bien-sûr, des images insupportables continuaient à lui tourner dans la tête mais elle se disait que près de lui, il ne lui arriverait plus jamais rien, qu'elle était en sécurité.

Evidemment, la jeune femme fragile faisait encore beaucoup de cauchemars mais Jean la réveillait tout doucement, la réconfortait puis elle se rendormait. Il se demandait constamment pourquoi sa petite amie passait des nuits agitées, mais quand il lui posait la question, elle répondait qu'elle ne savait pas, qu'il en avait toujours été ainsi.

Elle avait aussi beaucoup de sautes d'humeur ; mais n'était-elle pas issue d'une famille de nerveux ? Ils s'aimaient, et le reste ne comptait pas.

Un samedi soir, le couple fut invité à l'anniversaire de Manon. Jean n'avait pas trop envie d'y aller. Il trouvait que cette dernière avait une mauvaise influence sur sa petite amie.
Mais Célia insista. En effet, elle avait un peu délaissé Manon depuis qu'elle était en couple et s'en voulait. Jean céda mais le regretta rapidement.

Quand ils arrivèrent là-bas, Manon entraina tout de suite Célia à boire. Au milieu de cette ambiance, cette dernière ne résista pas. Elle retrouvait ses potes de beuverie ! Un verre avec l'un, un avec l'autre, et de fil en aiguille, un concours d'alcool se décida. Bien-sûr, Célia se porta volontaire! Jean essaya de raisonner son amie mais elle ne voulut rien entendre !

- Pour une fois, lui dit-elle, je peux bien m'amuser un peu !
- Il y a d'autres façons de s'amuser que de boire, lui répondit-il.
- Je n'en connais pas d'autre, répliqua-t-elle en s'éclipsant rejoindre ses amis.

Il y avait si longtemps qu'elle n'avait pas bu, la tentation fut trop forte, elle s'enivra, elle aima ça ! Elle retrouvait les sensations de légèreté que lui donnait cette euphorie. Elle dansait, riait, retrouvait son amie. Oh oui, elle s'éclatait ! «Il n'y avait pas à dire, pensa-t-elle, il n'y a rien de mieux qu'une soirée bien arrosée avec Manon !» Tout le reste ne comptait plus, même Jean, passait après ce besoin de se soûler, il fallait qu'elle boive, encore et encore, plus rien ne pouvait l'arrêter !

Ils rentrèrent tard et Célia s'endormit en voiture. Jean l'aida à se coucher. Contrarié, il parla peu mais elle ne s'en rendit même pas compte ! Elle était bien et cela lui suffisait.

Le lendemain, quand elle se réveilla avec une forte migraine, elle se rappela avoir abusé du Porto, Jean va être fâché, se dit-elle, et il n'aura pas tort.

Elle se leva et le rejoignit à la cuisine. Elle l'embrassa :

- Pardon, dit-elle, je sais que j'ai trop bu. Si je suis avec des gens, en soirée, je n'ai pas la volonté de dire non ! Je t'en prie, ne m'en veux pas…

Jean, compréhensif, ne s'énerva pas, il lui répondit, d'un ton calme :

- Ecoute, Célia, y a-t-il une chose dont tu as envie plus que tout au monde, pour laquelle tu serais assez forte pour arrêter de boire ?

- Je voudrais un bébé, répondit-elle d'une petite voix.

- Si je te fais un enfant, plus jamais tu ne boiras ?

- Plus jamais, murmura-t-elle.

- Alors, marions-nous, car je ne veux pas d'enfant hors du mariage.

Un grand bonheur envahit Célia mais aussi une grande angoisse. Elle ne pouvait pas épouser Jean sans lui parler de son terrible secret, elle lui devait la vérité. Le problème c'est qu'elle se savait incapable de raconter son agression.
Elle décida donc de se confier par le biais d'une lettre.

Un soir, tandis qu'ils se couchaient, Célia lui dit :
- Si on doit se marier, il faut que je te dise quelque chose mais je ne peux pas en parler, c'est trop dur pour moi, alors je te l'ai écrit.

Et elle lui tendit la lettre, d'une main tremblante.

Quand Jean eut fini de lire, il avait les yeux plein de colère.
- Je pourrais les tuer !

Célia lui dit tout bas :

- Jean, je voulais que tu le saches mais je ne veux plus jamais en parler. Plus jamais.

Il acquiesça et tint sa parole. Plus jamais ils n'abordèrent le sujet.

En parler aurait changé quoi, à part remuer des idées noires dans la tête de Célia.

Il comprenait mieux tous ces cauchemars qui ne la quittaient pas.

Ils se fiancèrent un beau dimanche d'août, Célia se répétait sans cesse « ça y est, je suis heureuse et quand j'aurai un bébé, alors plus rien ne pourra m'arriver, ma vie va enfin être pleine de bonheur ! » Le couple passa une très belle journée, entouré de leurs parents, grands-parents, frères et sœurs. Il faisait un temps magnifique, Jean lui offrit une belle bague en or, surmontée d'un rubis sur un cœur. Elle avait, quant à elle, choisi une chaîne en argent avec leurs deux prénoms gravés dessus.

Ils travaillaient toujours ensemble, certaines personnes mirent Jean en garde :
- Ne l'épouse pas, elle n'est pas sérieuse, c'est une loubarde ! Avec sa moto et son blouson noir, elle ne sera jamais une femme convenable ! lui dit une collègue de travail.
Mais Jean ne l'écoutait pas, qui était-elle pour juger sa fiancée ? Qui pouvait supposer tout ce qu'elle avait enduré ?

L'hiver passa, tranquillement. Célia ne buvait plus et ça n'avait pas l'air de lui manquer.

Jean passa le permis moto et ils s'achetèrent une Kawasaki, une magnifique 500 sportive, blanche avec la selle rouge. Ils faisaient de grandes ballades et Célia semblait apaisée. Il la voyait rire, s'amuser, et ce, sans l'aide de l'alcool. Quand il la trouvait un peu mélancolique, il lui proposait une sortie, et ça passait.

Le couple faisait des brocantes et Célia achetait déjà des choses pour leur futur bébé. Jean lui disait que c'était un peu tôt, ce qui avait le don de la fâcher. Elle avait besoin de se projeter dans l'avenir avec un enfant !

Au printemps, ils commencèrent à préparer leur mariage. Pour sa femme, Jean voulait que ce jour soit le plus beau de sa vie. Il se disait qu'ainsi, elle penserait moins aux fumiers qui l'avaient agressée. Il savait que rien, jamais, ne lui ferait oublier. Elle était marquée à vie, il ne pouvait qu'adoucir son existence.
Célia, quant à elle, se plongeait dans les livres dès que des idées noires lui venaient en tête. Ils lui apportaient l'évasion dont elle avait besoin. Elle ne remercierait jamais assez madame Guillaud qui lui avait donné les moyens de s'évader. Elle pensait souvent à son professeur, se disant qu'elle devrait aller la voir, lui dire de continuer à passionner les collégiens et surtout à lui dire merci. Mais c'est

le genre de choses que l'on se dit, mais que malheureusement, on ne fait jamais…

Chapitre 5

Enfin le grand jour arriva. La famille, les amis, tous étaient là pour fêter leur bonheur. Personne ne manquait à ce merveilleux jour. La future mariée avait une belle robe blanche et ses longs cheveux blonds descendaient sur ses épaules bronzées.

Célia demanda à Jean s'il serait fâché si elle buvait un peu pour leur mariage. Elle promit de rester très raisonnable. Son futur mari lui répondit qu'il lui faisait confiance.

Célia eut une pensée pour Manon. Manon qui n'avait pas compris son envie de mariage, Manon qui s'oubliait dans l'alcool, et dans les bras d'hommes, différents chaque soir, Manon, qu'elle avait l'impression d'abandonner. Elle aurait aimé l'aider mais elle avait déjà tant de mal avec sa propre vie ; et elle savait par expérience qu'on préfère garder ses malheurs pour soi. Elles ne s'étaient pas fâchées, simplement leurs vies prenaient des directions différentes.

Ils rentrèrent dans l'église sur la chanson de Johnny Halliday «je te promets».

Oui, ils allaient se promettre le bonheur.

Tout le temps de la célébration, Célia repensa à son parcours depuis cette tragique soirée. Elle se dit qu'en vu de ce qu'elle avait enduré, elle s'en était bien sortie même si c'était surtout grâce à Jean. Elle se demandait si elle oublierait un jour ce douloureux évènement.

Si seulement on pouvait effacer d'un simple coup de gomme les mauvais souvenirs ! Ses pensées vagabondaient quand, enfin, le curé les unit ; ils s'embrassèrent et sortirent main dans la main. Il faisait un grand soleil, les invités leur jetèrent du riz, Célia était bien, enfin heureuse.

A la sortie de l'église, ils firent des photos. Même son cousin Maxime était présent. Il était à l'armée et avait dû faire le mur pour assister au mariage de sa cousine. Elle était folle de joie !

Avec son frère Marco, c'était la personne la plus proche d'elle. Leurs parents disaient qu'ils étaient cousins-jumeaux : même mois de naissance, même année, même groupe sanguin, tout pareil !

Maxime lui dit :

- C'est moi que tu aurais dû épouser, tu sais comme je t'aime !

Célia éclata de rire et en l'embrassant lui dit :

- Moi aussi, je t'aime mais on a trop mauvais caractère tous les deux, on ne se supporterait pas plus d'une semaine !

Maxime rit aussi :

- C'est vrai ! Alors je te souhaite tout le bonheur du monde !

La soirée se déroulait parfaitement bien, Célia but un peu pour trinquer avec ses invités. Marco, quant à lui, était soûl ! Mais il avait le vin gai, et tout fut parfait.
Ils firent la fête deux jours durant. C'était vraiment un magnifique mariage et Jean se dit qu'il avait enfin gagné face à l'alcool.

Célia voulut déménager, prendre un appartement plus grand, avec une chambre pour le bébé.
Ils trouvèrent un beau trois pièces, avec de grandes baies vitrées. Ils refirent les tapisseries et les peintures, leur petit nid d'amour était magnifique. Ne restait plus qu'à faire le bébé !

Mais, un, deux puis trois mois passèrent et toujours pas d'enfant en route !

Célia acheta des livres sur la grossesse, sur les méthodes les plus favorables pour tomber enceinte.

Elle ne comprenait pas. Comment était-ce possible ? Un terrible sentiment d'injustice l'habitait. Le monde était vraiment mal fait !

Décembre arriva, et elle était de plus en plus mélancolique. La jeune femme pensa à ce bébé qu'elle n'avait pas gardé et à celui qui ne voulait pas venir !

Janvier vint à son tour et Célia retourna travailler.

Une collègue dit à Jean:

- Ta femme ne serait-elle pas enceinte, par hasard ?

- Non, je ne crois pas, pourquoi ?
- Moi, je te parie que si !
Le soir Jean rapporta la conversation à sa femme.
- J'ai un peu de retard dans les dates de mes règles, je vais prendre rendez-vous avec un gynécologue, lui dit-elle.
- N'est-ce pas un peu tôt ? questionna-t-il.
- Je n'en peux plus d'attendre !
Célia n'avait aucune patience, il le savait, il ne rajouta donc rien. Il espérait juste qu'elle ne soit pas déçue.

Le samedi suivant, ils allèrent chez le médecin. Jean sentait sa femme très nerveuse. Célia regardait avec envie toutes ces femmes enceintes qui attendaient leur rendez-vous, la main posée sur leur ventre rebondi. Elle se retrouva quelques années en arrière et elle eut mal à la pensée de ce terrible moment qu'elle avait passé à l'hôpital. Enfin, ce fut son tour et le gynécologue confirma ce que Célia voulait entendre :

- Je pense que vous êtes enceinte, allez faire une prise de sang et nous serons fixés !

Celle-ci s'avéra positive. Ils furent fous de joie ! Enfin ! Enfin ils allaient avoir leur bébé !

Chapitre 6

La grossesse de Célia se passait bien, elle faisait très attention à elle, à ce qu'elle mangeait et bien sûr, elle ne but plus une goutte d'alcool. A l'usine, elle sympathisa avec Floriane qui, elle aussi, attendait un bébé pour le mois de septembre. Elle faisait des poses au travail avec lait chocolaté et croissants. Les deux femmes parlaient «bébé» inlassablement !

Au mois d'avril, Floriane fit une fausse-couche. Cela perturba Célia. Elle avait peur de perdre son enfant.

Elle, qui ne s'était jamais adressée à Dieu, se mit à prier :

«Mon Dieu, je t'en supplie, fais que tout aille bien, que mon bébé arrive à terme et en bonne santé, je ne survivrais pas à un nouveau drame.»

La jeune femme passa une échographie, tout se déroulait parfaitement bien, ils virent leur petit bouger dans tous les sens, c'était merveilleux ! Les futurs parents ne voulaient pas connaitre le sexe de l'enfant. Ils étaient, de toute manière, tous les deux, persuadés qu'ils auraient un garçon.

Célia voyait avec émerveillement son ventre s'arrondir.

Ils eurent du mal à choisir le prénom pour leur bébé ; finalement ils optèrent pour Lilian, et Kélyah, si par hasard, c'était une fille.

Les mois passaient, Célia n'avait plus ni besoin, ni envie d'alcool ; elle était pleinement épanouie.

Arriva enfin le jour de l'accouchement ; après quatre heures de souffrance, ils entendirent le cri de leur bébé.
Jean pleurait de joie. Sa femme serrait son enfant contre son cœur. Soudain, elle demanda :
- Au fait, c'est un garçon ?
La sage-femme souleva le lange et dit en souriant :
- Non, c'est une petite fille !
Célia ferma les yeux, une vieille angoisse montait en elle. Elle pria en silence :

«Mon Dieu, fais qu'il n'arrive jamais rien à ma petite fille, je t'en prie, protège mon enfant.»

Mais Célia ne savait pas encore, en devenant mère, qu'elle ne cesserait pas d'avoir peur pour ses enfants. Elle ne savait pas non plus que les prétextes pour se remettre à boire étaient nombreux…

FIN

Je remercie Rémy Menoud, pour son soutien, sa patience et sa gentillesse tout au long de la réalisation de ce manuscrit.

Merci également à Raphaëlle Grand pour avoir accepté de poser sur la première de couverture, et à Marie José Casassus pour m'avoir aidée lors de la nouvelle version de ce roman.

Du même auteur :

- Partir avant de vous oublier… *Nouvelle version*
- Après toi
- Comme une ombre au fond de ses yeux